U0137013

鲁迅美术学院　素描·现象 IV

从规矩到自由

FROM CIRCUMSCRIPTION
TO FREEDOM

主编　刘仁杰

编著　于艾君

 吉林美术出版社

序 言
PREFACE

　　素描是古老的，又是现代的。这一观念在当今美术学院的造型基础教学中得到充分体现，形成了中国艺术教育特有的一片生态。

　　素描学习的目的是最终能够以个体生命形态的独特体验，采取创造性的表现方式，传达出个人对现实世界的感悟。可以这样认为：艺术上的绝大多数问题都需要在素描中解决，素描不成熟，艺术就很难成熟。因此，素描的重要性不言而喻。

　　我们的传统基础教学是以传授"再现性"的写实绘画技能知识为唯一目的。随着社会的发展进步，艺术观念的不断更新，在当代艺术多元发展的背景下，融合于传统与现代的教学模式便成为必然。近十年来，油画系的素描教学已将学生知识结构优化放在重要的位置。在传统艺术与现代艺术知识并重传授的前提下，突出创造能力的培养，主张学生积极的视觉思维和探索，强化视知觉能力与表现能力的训练；鼓励学生用自己的头脑思考，用自己的语言说话，逐步使学生的绘画技能与创造能力之间的关系处于相互支持、相互融通的状态。

　　这套丛书所选择的学生作品出自油画系三个工作室的不同年级，作品呈现出素描教学的开放性与艺术手法的多样性，基本上展现了油画系基础教学的面貌。《教师素描作品精读》选取了油画系部分在职教师的素描作品，以求呈现其素描实践的某种线索。于艾君老师在创作的同时，致力于素描的实践与研究。他为这套书的编写倾注了大量心血，其意在通过交流，提高我们的教学水平。

鲁迅美术学院油画系主任 教授

刘仁杰

2008 年 7 月

油画系第一工作室教师马国峰素描教学现场

从规矩到自由
FROM CIRCUMSCRIPTION TO FREEDOM

　　所有的技艺训练似乎都只有一个目的，那就是通过技艺的公共性去实现艺术的公共性。就是说，用传统的或从传统中得来的造型语言系统去表达个人对造型的看法和理解，同时，一己的作品又能具有清晰的审美信息，不至于让人如坠雾中。素描也是如此，基本的写形状物不应该是素描教学和素描的最终目的，至少，应该与其他课程进行良性衔接，因为它们所要解决和表达的问题都是一致的。

　　在素描教学中基本能力训练课程告一段落的情况下，我们在个别工作室安排了一段"自由素描"课。在这段课程中，我们倡导学生能以具体的、不仅仅是单一描绘的手法表达非同于古典绘画、古典素描的造型理想。具象的程度和图式风格因人而异，因题材和感受而异，因性情而异，因对造型不同的理解而异。我们都知道，画面具象程度与画面精神性的强度不一定成正比，正如已故美国学者苏珊·桑塔格在她的《反对阐释》一书中的说法，"一个艺术作品之所以比另一个艺术作品更有兴味，并不取决于该作品的风格选择是否让我们注意到了更多的东西，而是取决于这种注意的强度、可信度以及是否机智，不管其焦距如何狭窄。"在此课程中，素描史、对经典范式的分析以及想象性、抽象性、笔触的个人意味等，成为对素描课题进行研究、理解和表达的重点要素。之所以限定在具象框架下，是因为从油画系的教学要求、特色等角度上说，具象比抽象更有形象上的"可信度"和公

张伟作品

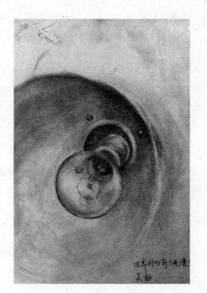

共性。具象类素描的深厚渊源和技艺属性使"自由"产生了限度和难度。许多学生的造像风格显得不拘一格，可辨识的物象细节也是各具情态。此类素描中，细节归从于具象，具象服务于表现。至于表现什么，表现的终极意义，则全看大家的性情和修养，当然也包含于作品的"画外音"，即创作者意欲表达的社会性或政治性等其他意图。

→ 冷新启作品、崔清楠作品

从美学意义上说素描类别

直到16世纪，素描才开始作为艺术品被收藏。溯源地看，素描的审美其实是其"记录"功能的延伸，尤其在没有照相机的时代。理论上讲，任何有一定意义和水准的素描都有一定的艺术性，与题材和是否将其作为"基础"没有必然的因果关系。现成品素描（包括石膏像素描和对先辈、大师素描的版画复制品的临摹）、人物素描（包括肖像素描和人体素描）、静物素描和风景素描（包括室内和室外风景）等说法首先指的是素描题材，这是美术学院传统素描教学所沿用至今的素描阶梯。当然，在写实的范畴内，这种分类的确因题材形态和难度的不同，而能使需要素描技艺的人由浅入深地掌握技能，学以致用。但这种观点客观上也产生了这样一种思维和操作惯性，那就是素描的高下在某种程度上是由题材决定的，包括素描的意义、水准和难度的大小，而不是艺术家对于题材的独特发现，以及由素描作品的本体元素所展示的那种难以被超越的天才绘画语言。其实，"自由素描"的许多个案证明，高手处理"小"静物、"小"题材也能因独具匠心而显示出大气象，这方面的例子实在是太多了。

这里，我们试图按照素描的美学意义，也就是说按照素描的意图和美学目的，而不是题材形态来对素描进行归类和

张晚晴作品

探讨，并且试图从另外一个角度对素描进行观照。按照笔者的观点，素描大致可分为如下几类，即：

作为获取写形状物之基础能力的素描，也可称为习作；

"记录性"素描；

"试验田"式的素描，这里包含两种倾向：对以其他表现媒介构成的作品进行最初的构想和推敲，或在其中探寻素描或其他艺术形式的多种可能性；

还有就是作为独立艺术创作媒介的素描，也就是我们所说的"自由素描"。

这几类素描在对客观事物的认知和技艺锤炼上也是循序渐进的。

但上述说法呈现的仅仅是认识素描的一种线索，它基本反映了通过素描去认识事物的规律和基于此的素描能力的"阶梯"。事实上，一件有独立意义的素描作品往往综合了上述几种特征，尤其对于当代素描实践来说，兼具记录性（对象的个性化细节）和"表现"性（整体语言风格上的寓意性）的占大多数。比如美国画家基塔伊的素描中借助写生的平面性语言，以及许多超级写实素描中所展示的、以极端写实方式呈现的形象，它们都是以忠实于客观的"记录"手法实现素描意图的——把写生性与照片提供的细节创造性地结合，从而"复合"了一种再生的关乎客观形象的真实幻觉，以记录性方式进行自由意义上的艺术创造。尤其是许多处于美国等发达商业环境的素描画家，出于他们之手的那些多少有些"神经质"的写实性素描作品，一方面展示了发达国家精致、可靠的技术支撑，比如材质性能的可靠性和多样性；一方面如易英先生在论述刘小东艺术的某篇文章中所言的："可能是由于在那个发达的商业社会，艺术家必须把一种风格做到极致，才能形成'非我不可'的个人品牌化的艺术资本。有自己的'绝活儿'，艺术和生活才可能有延续下去的机会。"这并不意味着处于发展中国家的艺术家有理由降低艺术标准，恰恰相反，我们需要从"理念"上找出口的同时，更需要追求相对轻松状态下的"艺术紧张"——在创作中以"务实"的精神，贯彻作为某种架上绘画基本属性之一的"技艺美学"。整体、横向地比较，我们的美术界不缺少"技艺型"的素描或绘画，却鲜有以写实面貌呈现的素描中的"高端"作品。回到上面的话题，同样处于西方艺术传统或精神脉络的末端，另一些比如贾科梅蒂的那些通常被划归为"表现主义"的、关于"存在"命题的素描和绘画，虽然记录的是一些非"可见"的细节，笔法极端个人化，意境也很抽象，但确如艺术家自己阐述的："那是具有某种主观色彩的'写实性'描绘，并非普遍意义的写生——用对物象客观呈现的方式达到古典艺术范畴意义上的可读性。它不是简单的记录，它所记录的还包括同时作用于物象和画面、或许更能体现'我'之存在的时间的流变。"

需要补充说明的是，许多作为独立艺术创作媒介的素描作品，为达到艺术效果和目的更是不择手段——在题材上，在技术上，甚至在展出方式上。素描由此进入了一个更自由、更专业、更独立，而且在创作上也更隐秘化的时期。同时，既往的素描经验、美学积累、观看之道、艺术目的等被一代代素描家所创立的"新"素描传统仍在深刻地影响着我们，影响着我们的观看和创作。素描作为一种观看的意图也好，一种对客观世界的朴素的形象外化也好，哪怕仍回到从前——从古典主义或现代主义的素描传统出发，以旧瓶装新酒——去探寻素描艺术的时代可能，都有自己的意义。

吕远作品

形象的所指

以素描形式呈现的对作品的构想，使得素描获得了不同于写生的某种艺术性。素描中的形象不再仅仅是形象本身，而往往是另有所指，另有新意。

所谓艺术性通常是指，在有一定技艺难度的前提下，素描者赋予素描以一定的语言特色、鲜明的观念、思想和立场。亨利·摩尔的许多素描是这方面比较典型的例子，他多以油画棒和水彩结合的方式画素描，其素描较为充分地体现了他的雕塑理想和对具体作品的构想。素描作为便捷的留驻灵感的手段，与客观意义上的记录性素描不同，

杨蕊作品

"试验田"式的素描既可以看作心灵轨迹和艺术构想的外化，又具有一定的独立艺术价值。从"新客观"艺术家图克的作品尤其是那些为绘画所作的素描设计中，我们可以看到艺术家对绘画的严谨态度。同样例子还有很多。可以说，从那些对创作进行了详尽规划和耐心描绘的草图中，我们体验到了作品除油彩因素之外的所有艺术性。

"素描日记"

最好准备一个便于携带的素描本，随时记录下对形象的观察与想法，这对独立的、以"艺术性"说话的自由素描创作会很有用处。对于大多数素描者来说，最好不要总想着以表现"大"题材去完成所谓的艺术"使命"；对于处于某种学习过程中的素描者来说，最好也不要动辄就以大的尺寸去画素描，那些画幅巨大实则空洞的作品对来自素描的艺术经验的积累没有多少实用性。以小见大，以朴素达到单纯和深邃，素描的长项也许就在于此。"野心"使得一件作品不那么纯粹，画面的张力与画幅的大小也不一定成正比关系。

左、右：訾鹏作品

仲智固作品

速写本可以充当我们记录灵感的工具，以"默写"的方式——离开对物象的写生，转而进行对内心活动的迹化。在创作最后的作品时，再把这些"试验田"式素描中所记录的细节进行典型化的材料转换。素描与完成作品之间可以通过相互否定或肯定的方式彼此促进——作品可以是对素描的升华，反过来，也可以根据作品进行素描，为下一段创作积累经验。

日记中所打开的形象一般都不是高高在上的，所以我愿意把所有的素描甚至包括诗歌和随笔都看成日记，将心思形象化于平面，看似浑然天成实则苦心孤诣，看似率意而为实则一丝不苟。日记是私密化的记录，素描也是。这在很大程度上说是由于素描"裸呈"着的某种私密性——这一矛盾的天然统一所具有的魅力以及由此带来的亲和力，要比某些正襟危坐，试图在色彩与线条、试图在庞大制作中教化受众的作品更能令人接受。

作为独立艺术品的自由素描

广义的"绘画性"还可以被用来阐述除绘画之外的其他艺术表现形式。段炼先生在关于 1997 年惠特尼双年展的《最后的前卫》一文中这样定义绘画性："所谓绘画性，不仅仅指具象的造型，而主要指作品的制作特性对人的综合感受和思维能力的启发，指艺术客体的制约性和欣赏主体的感受性两点。"笔者基本同意上述看法。也就是说，广义的绘画性不仅可以用来论述绘画、雕塑，也可用于所有体裁的造型艺术形式，这不是强词夺理。而且，我试图再具体地补充或说明一点，绘画性还意味着创作主体在创作过程中所流露出的将思维形象化的清晰轨迹，而且在赏读完成作品时，观者可以按照某种路线回溯作者的感受。这种轨迹或"在场"的感受、意图与解读作品时的体验，可以说是时而重合、时而分离，不完全遵循和接受美学的哲学诡辩——解读总是确定中生发着歧义（因为人对作品的理解和感受不尽相同），又由歧义导引着确定（万变不离其宗）。由此说来，对绘画性的理解与表达直接关涉作品的能指空间，它在某种意义上说是可以被"设计"的，可以被创作者和解读者由外而内地阐释、引发和感受。例如，当不是身临其境的我们——这

"境"包括作者内心之"境"和生活时代之"境"——阅读拉桑斯那些隐喻战争的巨幅素描时，即便我们一时不能明白作者的全部用意，尽管有些许文字说明，但从艺术家对绘画元素所进行的个人化抒写中，我们一定能感受到它的某种悲剧气氛。

对于素描来说，当我们不再狭隘地仅仅把素描当做基础训练的艺术附属，素描的绘画性或艺术性问题就显现出来，它要求我们必须从绘画性这种艺术的共性元素上去把握它。在第三工作室学生杨帆的某些肖像画中，他以正常中见匠心的对绘画性的展现，通过略带幽默且富于变化（作者对衣服、背景、头发和帽子等有着不同的、饶有趣味的笔触处理）的笔法和对色彩因素的运用，使"普通"肖像素描产生了非同一般的感染力。

左、右：杨帆作品

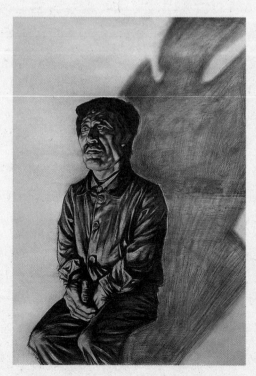

福泰

→
……我创作了一幅素描
作品《让我们冷静地想想》。
作品正源于这种状态。静止
的、空旷的、冷静的视觉感，
把我的想法传达给观者。我
选择静物题材也是我们日常
熟视无睹的东西，但我有一
种静心的体悟，是心与物的
对话，有限与无限、有序与
无序、和谐与宁静无不渗透
一种生生不息的生命意识。
每一种正常状态的产生与发
展并非是人们时时都把握
的，往往由于我们现实中的
困惑，生存的焦躁，而不能
使我们进入到一个正常的绘
画状态。（作者自述）

两个几何形的主观臆造的形象，两个由琐碎细节构成的巨大符号在碰撞中产生的视觉冲击力是作者创作这件作品的初衷。至于碰撞同时的破碎和流动、碰撞之后的结局，以及被静态描述阐发的所谓的意义等等，或许不需要考虑太多。

（右页下）

作者以编织的、细碎的笔法去画非经典形象，这些鲜活的、充满生活气息的形象往往能调动我们的感知和潜能，使人产生新的兴趣。从认识事物的某种角度和教学时段上说，这对按部就班的课堂教学来说未尝不是一种有益补充。

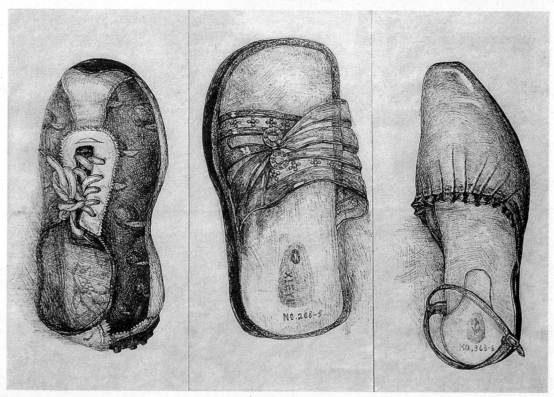

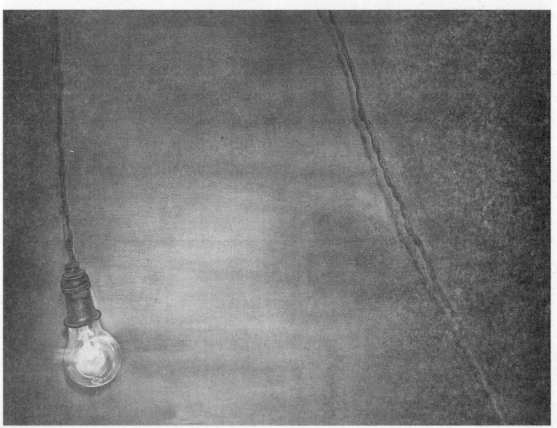

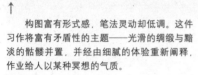

构图富有形式感，笔法灵动却低调。这件习作将富有矛盾性的主题——光滑的绸缎与黯淡的骷髅并置，并经由细腻的体验重新阐释，作业给人以某种冥想的气质。

（右页下）
　　这件以烟蒂为主题的素描通过一
种异质的、抽象的描绘方式，表达了
主体形象的某种脆弱感和形式美感。

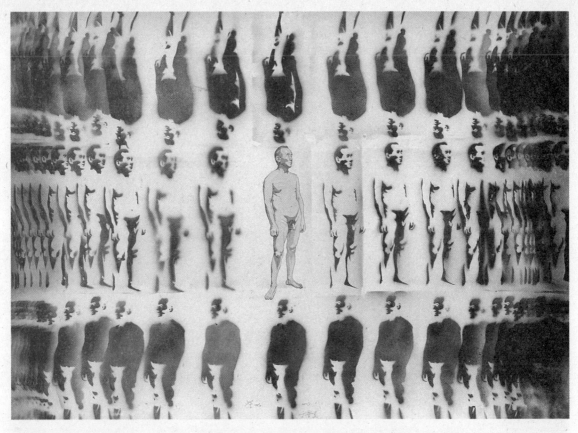

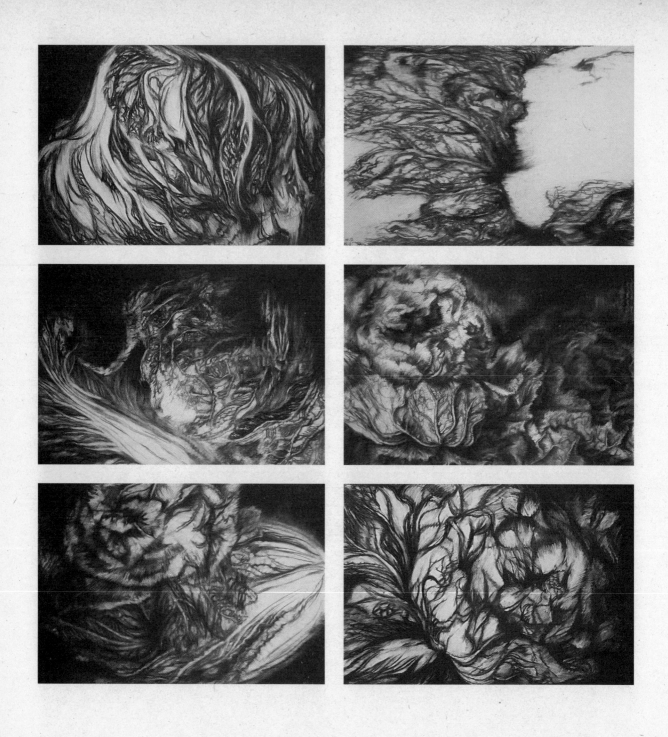

　　作者通过图片转换的方式，以特殊的笔法
将平常的静物陌生化，在描绘过程中找到并获
得发现的快感。

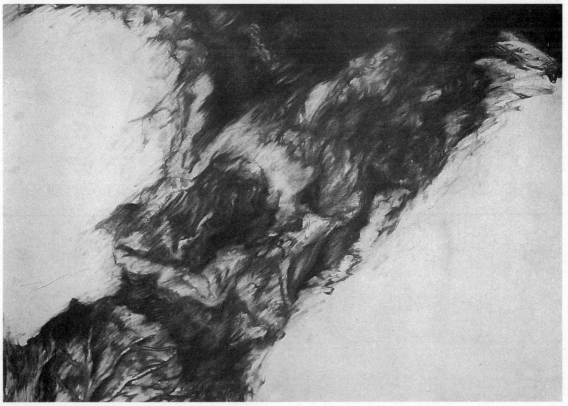

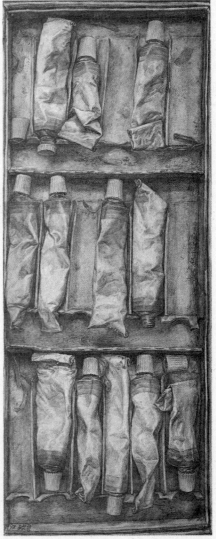

作者借对符号化的城市和城市上空木偶的描绘，表达了现代社会的某种荒诞和疏离感。复数状态的、条幅式的构图和灰色调处理，使画面显示出了空旷、寥落的空间。

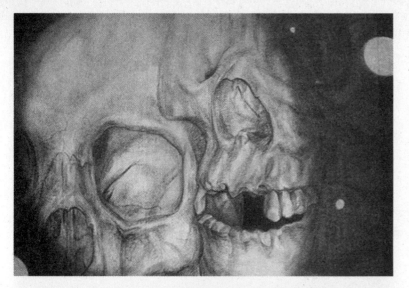

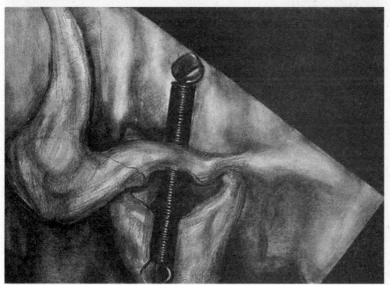

↑
作者通过写实的、安静的笔法赋
予主题以某种戏剧性冲突，暗喻了痛
苦这种人生最本质的体验之一。

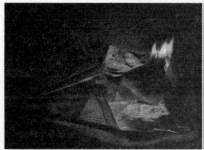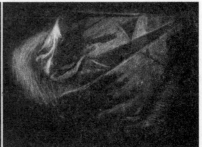

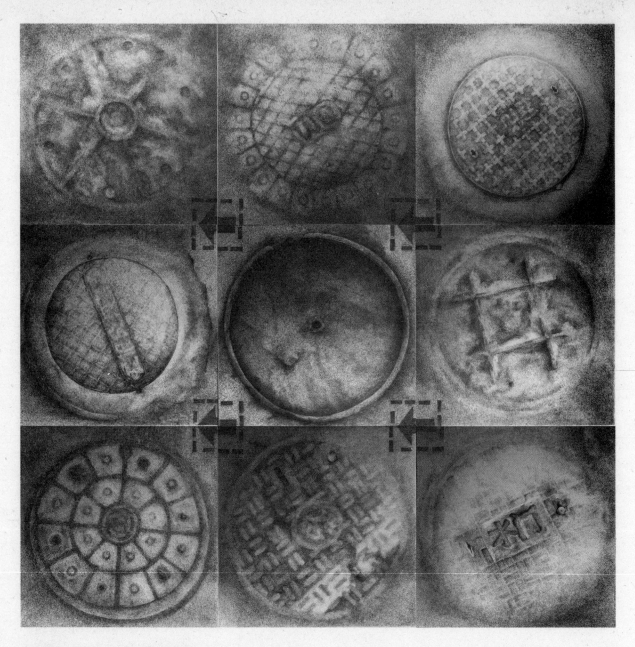

　　在这件具有"波普"感觉的素描作品中，作者以她良好的、具有高度耐心的描绘能力向我们罗列了一系列井盖形象。笔法细密、紧张、别致，作者或许意在提醒我们去关注那些非审美性的事物。也许题材本身并不重要，重要的是作者重新阐释了它们。

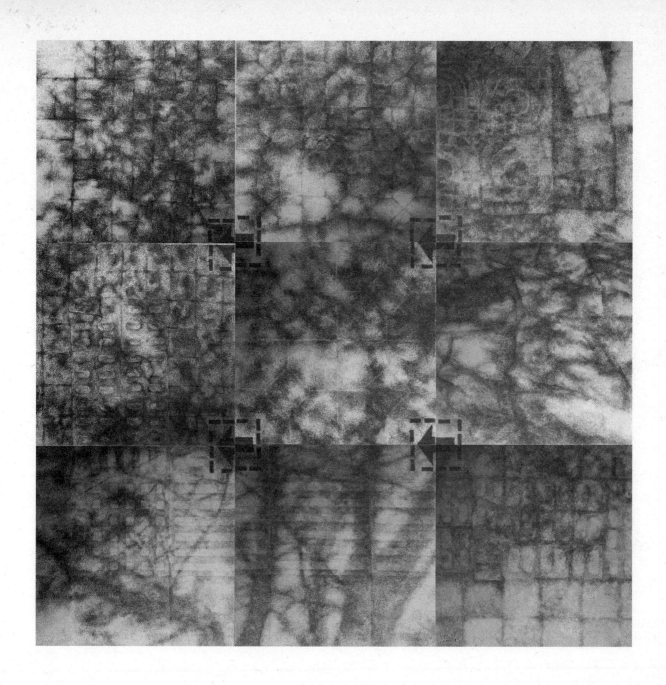

→　木炭的多层次渲染使墨色深厚而不腻。此作业在题材选择和对题材的表达上也有一定新意。的确，借形象"说事儿"与"科学地"记录形象有时候并不矛盾，后者往往是前者的依托。这件习作是根据雕塑系翻制泥塑用的模子创作而成。两块模子躺在地面上，好像刚刚被剖开。

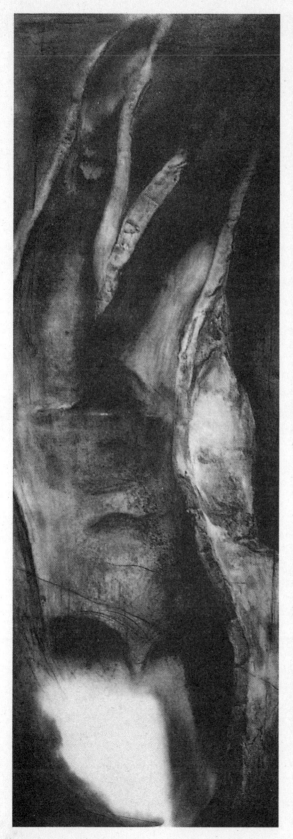
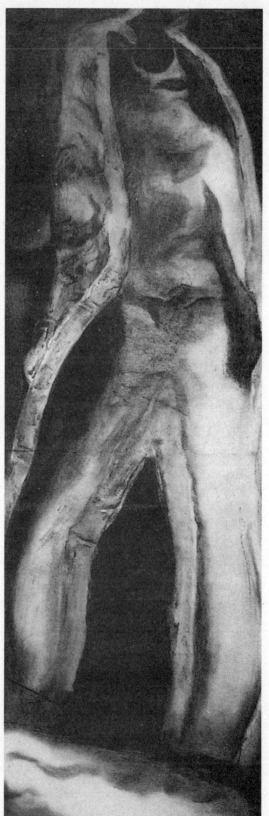

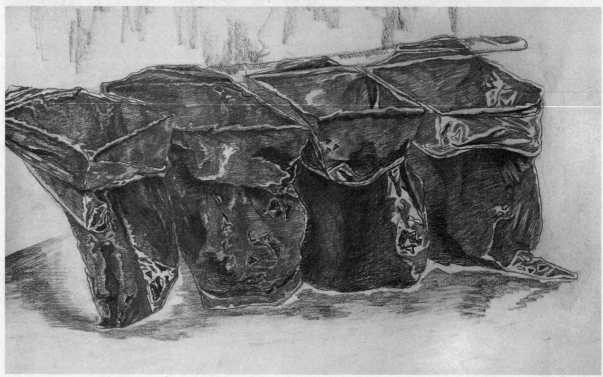

　　这是一件用油画棒创作的涂鸦感觉的作品。
"非正式"作品往往显得率真、轻松和随和，作
者有着非常好的直觉和对形象的感知能力，她
通过写实手段赋予了笔下形象一定的想象特质。

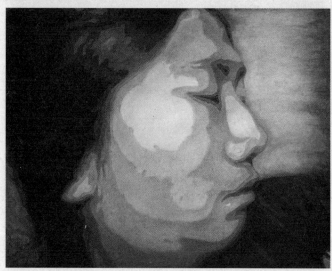

→
　　她的画大多出于信手随意的涂抹之中，
玩儿似的便将一块偌大的画布涂得满满的。
画面结构虽然松松散散却十分灵气、生
动；色彩斑斑驳驳，却能安静地沉淀在色
调之中。用常说的一句话来形容她是"画
画感觉特爽！"（郭润文）

作者显然感兴趣于西方自20世纪40年代以来,一直盛行至今的实物装置类作品的艺术传统。作者以机智的手法,化画报中的人物形象为替"我"说话的形象,赋予这些平常以非常。更重要的,艺术家在作为虚拟的人物形象与干玫瑰花等实物之间画了一条审美虚线,正是这虚线使我们对这件素描装置作品产生了阅读兴趣。

这件作品的造型较少主观的介入性。
作者以细如针码的笔触再现了年轻人或许
带有几分茫然的心理状态，这一表现手法
与主题的精神性还是比较吻合的。

←
　广义的〝将错就错〞或许是素描变法最概
括的理论依据。既然〝错〞的出发点、〝错〞的
趣味、〝错〞的程度等等都因人而异，那么就没
有必要为〝错〞指明唯一方向了。此件习作好
就好在〝错〞出了自己的趣味，而且，似乎赋
予了木炭这种材质以某种性格因素。

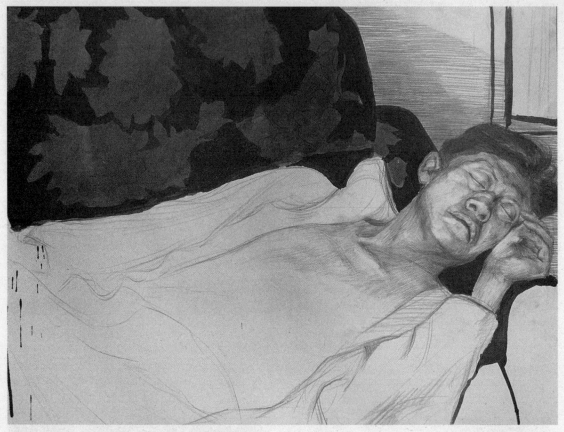

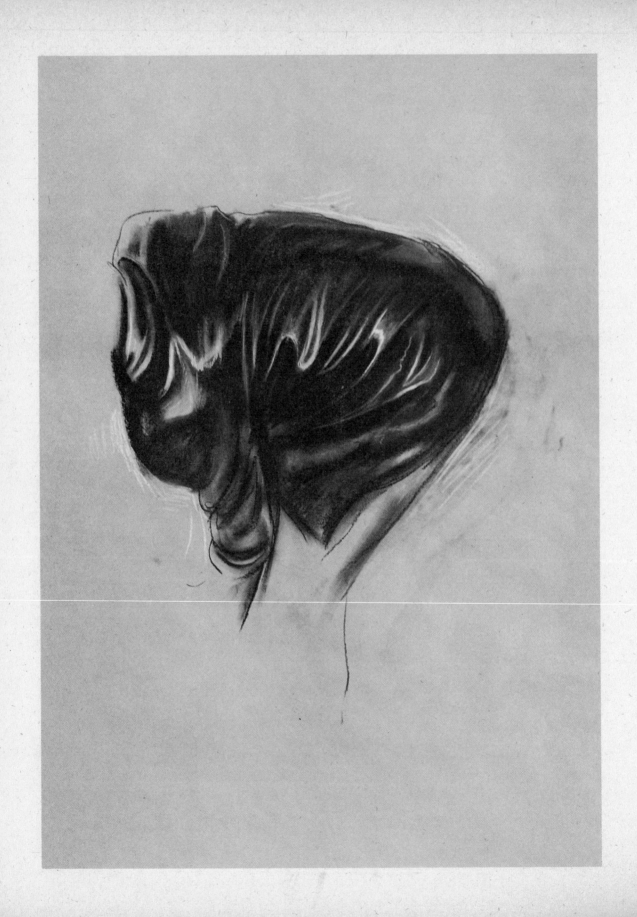

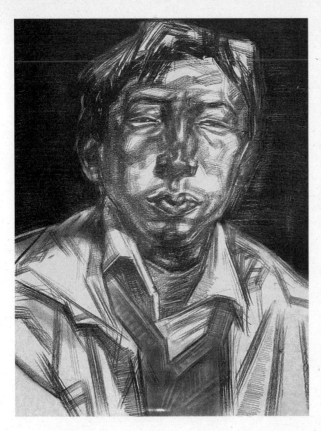

这位作者对于造型和画面语言有着良好的直觉和感知。这一点特别重要，往往不是课堂所能教出来的。在这件习作中，作者大胆地运用多种性格迥异甚至在某些教学时段不提倡混合的材料，并将它们令人信服地统一于整体关系之中，丝毫不显得生硬，细节也被画得饶有趣味。所有这些都使得习作具有很强的可读性。

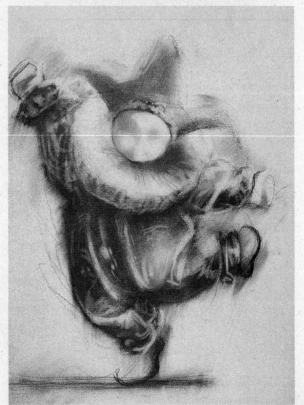

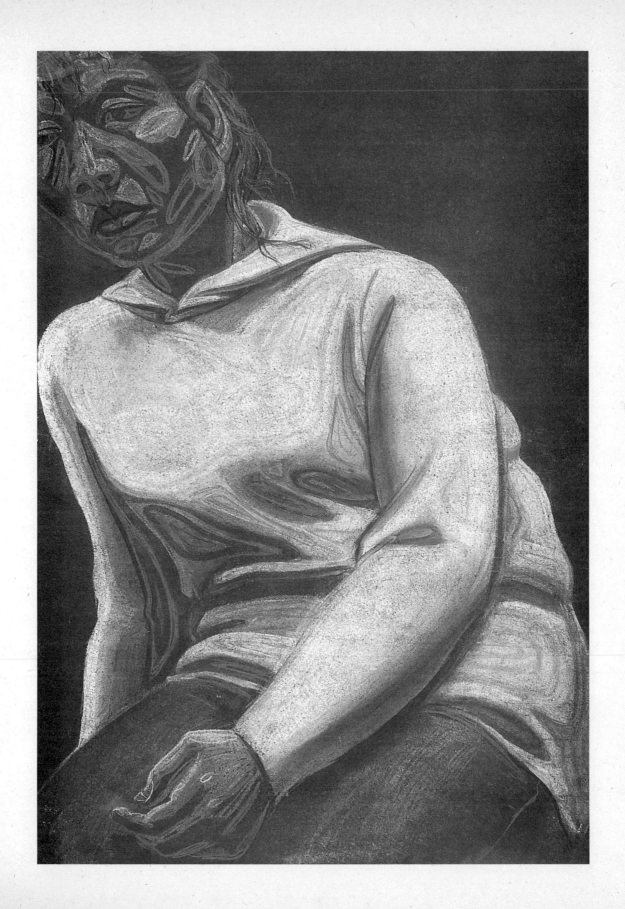

这件习作借助光源特点将老人的
状态较好地表达了出来。整体写意.
手部和脸部等细节却不含糊.用笔也
不拖沓.是一件比较出色的短期作业。

2007.4.19

对色彩的表达也是素描训练中一个比较重要的课题，尤其在强调形式语言的课题中。它强调以少胜多，所指更具有针对性。此习作以几种基本颜色的色粉笔，表现了处于暖灯光下的老人形象和色彩感，概括的局部处理使作业具有强烈的形式意味。

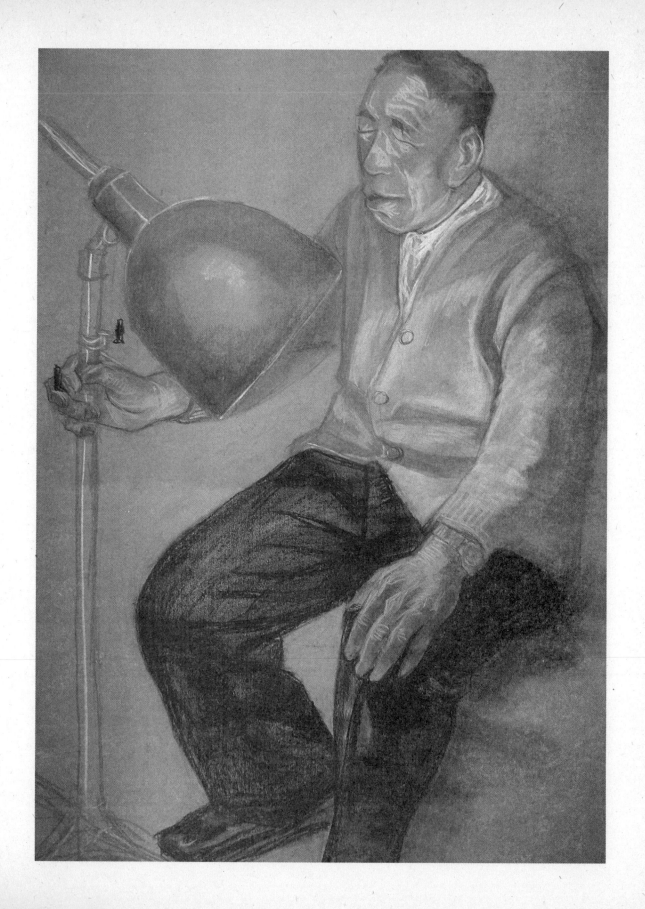

作者的构图方式比较大
胆、别致，不对形象作客观
再现式的刻画，而是对之进
行拿来所用，浮光掠影，以
轻松、生动的笔法去画那些
看似表面的形象肌理，显然
他注意到了不同质感的形状
在画面中的表现意义。

"去细节"不等于没有细节，而是
用一种个性化的概括手法将细节交还
给想象。这件习作的细节性或许体现
在如下几方面：色调对于透视的表达，
色调对于再现性细节的笼罩，形状的
趣味性等。

←↑
作者以片断的、抽象的、记忆般的手法赋予客观形象以明显的主观色彩，一如大卫·霍克尼的照片拼贴作品。由复数排比方式所带来的形式美感成为作品的主要视觉语言。

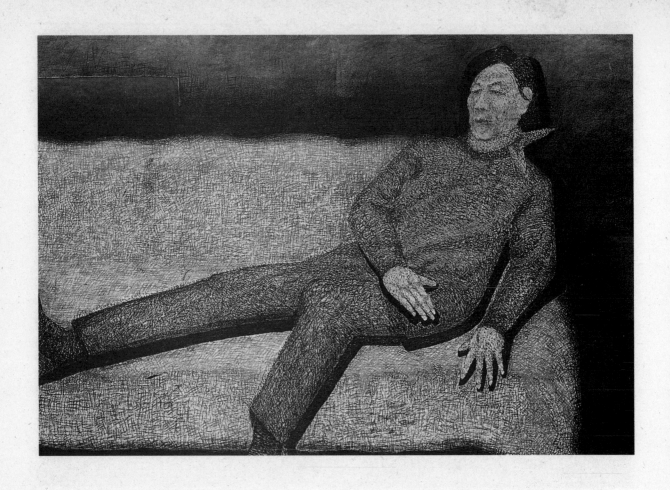

作者依靠自己良好的直觉和造型经验，减
弱了对象的再现性细节，代之以充满抽象肌理
和书写意趣的平面化形象，强化了形状的表现
作用。色彩的运用也很恰当，它不仅没有削弱
造型的力度，反而渲染了整个画面的气氛。

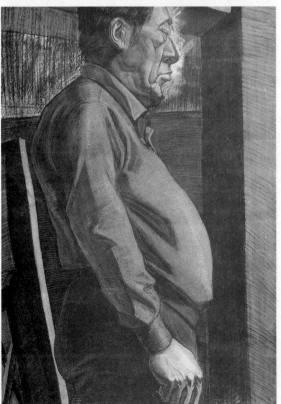

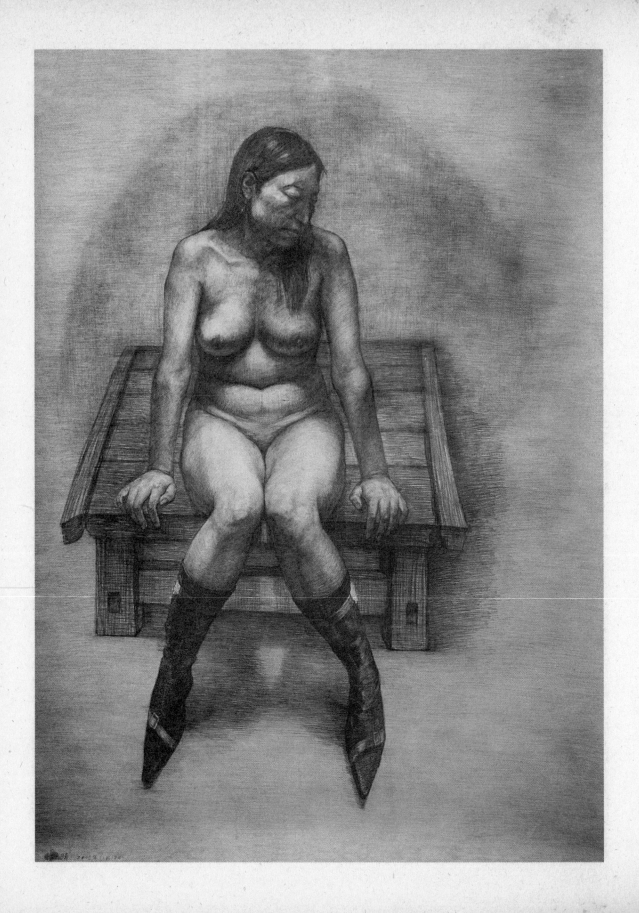

↑

作者对造型有着鲜明的立场，这可以从作者对表象细节的整理、形状的强化、体积特征和体积连带关系的表达和梳理，以及富有形式感的透视空间的运用等表现出来。

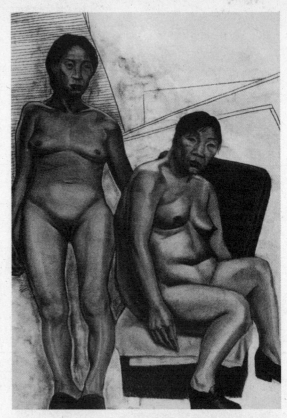

（左页右上）

　　作者以写实的表象去突破写实的语言界限，试图赋予形象以某种陌生的情境。背景中几何线条的运用使整体作业变得抽象起来，具象画就的人体变成了画面的一个局部，从而延伸了画面的空间，这空间是心理空间与视觉空间的统一。

（左页右下）

　　作者以细碎的点状笔法去陌生化被见惯的模特儿形象，表现性造型与超常规笔触的结合所传达出的矛盾性使画面意义变得不确定，形象不再仅仅是被再现的形象，而是变成了具陈所指的材料。这也是从单一目的的习作转换到语意暧昧的自由表达的一种有趣试验。

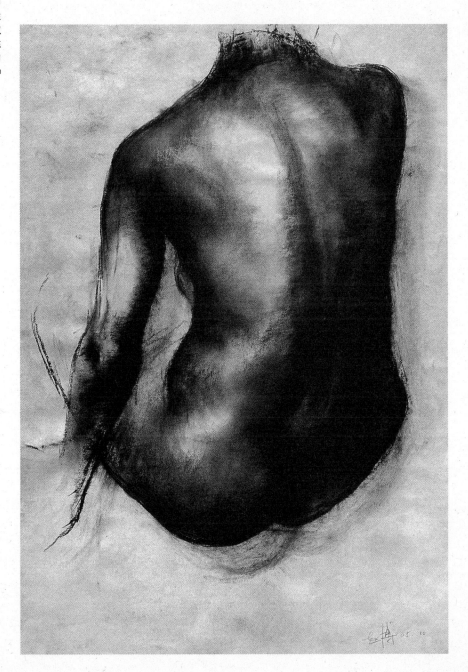

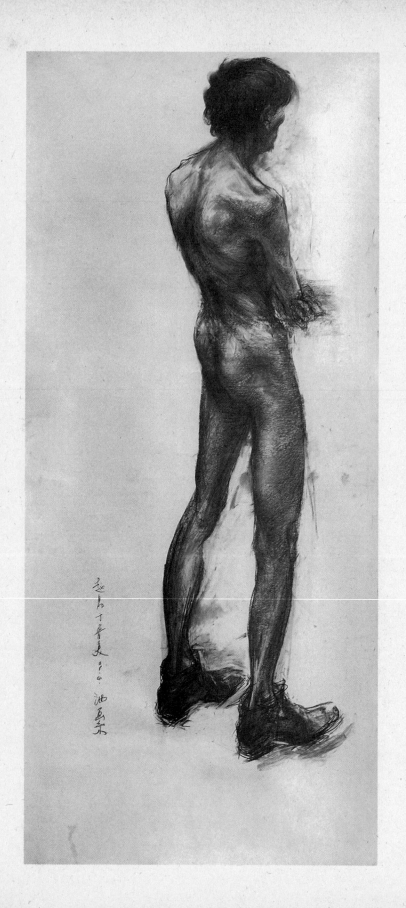

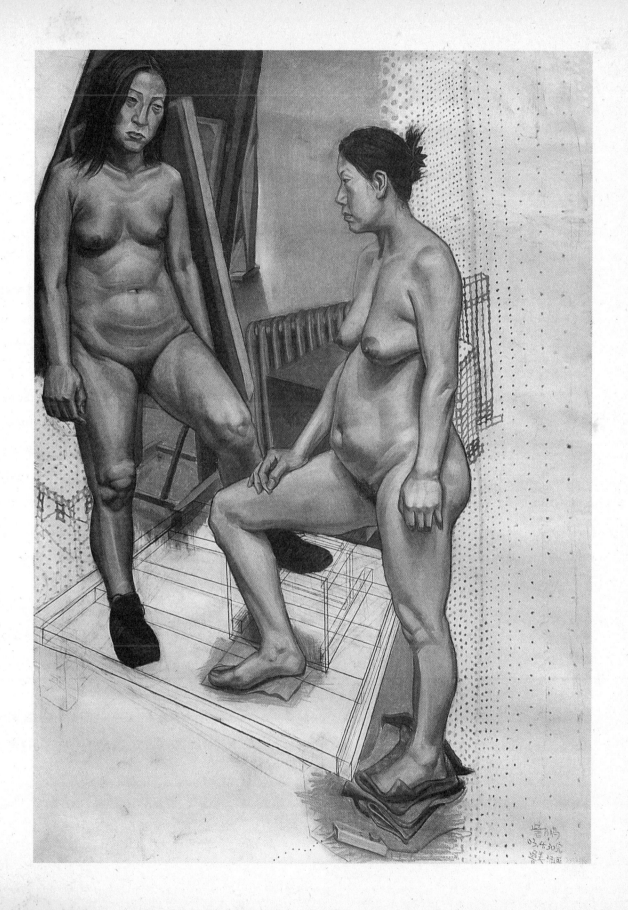

后 记
POSTSCRIPT

　　首先需要说明的是，本丛书的核心部分来自油画系的档案资料和一部分留系作业，并不是所有优秀作业。由于意在呈现油画系近年的素描概貌，笔者也编选了一些看起来不怎么"优秀"但有一己面貌的作品，因为对于"优秀"的判别很多时候是见仁见智的。《教师素描作品精读》部分选取了一部分油画系在职教师的素描作品。另外，因为学识、资料收集和成书时间的限制等原因，"遗珠"之处在所难免，希望以后有机会再充实。

　　油画系有重视素描基本功，尤其是写实基本能力的传统，尽管基本功与素描并不是一个概念，写实也只是素描传统面貌和重要分支之一。近年来，由于教与学的良性互动，更因为资讯共享时代视觉经验的积累和画面语言疆界的拓宽，油画系的素描水平整体上看还是呈上升趋势的。但那种深刻、严谨、深邃的，也就是说具有某种永恒意义和古典精神的作业却不是很多，"有趣"的倒不少。依笔者看来，前者仍需复兴，后者则需要将其纳入到一个当代文化的、"个人体系"的学术系统当中来，不是偶一为之，不仅仅是视觉猎奇，而最好能日渐建立起一套为"我"所用的造型观和艺术方法。这一方面说明我们的教与学还有待共同促进，另一方面也表明了，以往认为只有在素描中才能解决的，比如造型、认识观等问题，也可以并已经转移到其他方式的训练、表达和研究中，比如油画写生、材料课、图片转换，以及对现当代有影响的艺术家的个案研究等等。

　　尽管对于大多数人来说，素描只是一种传统而特殊的训练途径或语言方式，不是毕生事业，但素描仍然是重要的。前文说到，它不仅仅意味着要画出一张张作业，重要的是通过这种朴素、直接的观察与描绘，培养并最终找到一种发现对象的能力和手段。在深度继承学院素描传统的前提下，以当代人的视角和体验深化并拓宽基本功的内涵，的确是一个大问题。

　　我们期待这套丛书能对油画系素描的总结和研究起到一种参照作用，同时希望读者能够从中受益。衷心感谢吉林美术出版社李功一副总编、朱循先生和王嵘先生，以及他们的劳作和富有创见的建议。感谢所有提供资料和帮助的老师、同学。

于艾君

2008 年 7 月

P11—P77 作品信息

P11　金福泰

P12　李逸群（上）

P12　李逸群（中）

P12　李逸群（下）

P13　李　莹

P14　于艾君（上）

P14　于艾君（下）

P15　彭　涛（上）

P15　周芳屹（下）

P16　李文旻

P17　刘　洋（上左）

P17　刘　洋（上右）

P17　高大伟（下）

P18　吕　远（上）

P18　吕　远（中）

P18　吕　远（下）

P19　于艾君（上左）

P19　李天翔（上右）

P19　李文旻（下）

P20　于艾君

P21　訾　鹏（上）

P21　荆　翰（下）

P22　张晚晴（上左）

P22　张晚晴（上右）

P22　张晚晴（中左）

P22　张晚晴（中右）

P22　张晚晴（下左）

P22　张晚晴（下右）

P23　张晚晴（上）

P23　张晚晴（下）

P24　李天翔

P25　张　滨（上）

P25　张　滨（下左）

P25　于艾君（下右）

P26　赵　晶（上）

P26　赵　晶（下）

P27　李文旻（上左）

P27　李文旻（上右）

P27　李文旻（下左）

P27　李文旻（下右）

P28　张晚晴

P29　张晚晴

P30　韩大为

P31　韩大为

P32　于艾君

P33　李致刚（上）

P33　李致刚（中）

P33　于艾君（下）

P34　张晚晴

P35　张晚晴

P36　张晚晴

P37　于艾君

P38　于艾君（上）

P38　于　杨（下）

P39　张　滨（上）

P39　訾　鹏（下）

P40　崔清楠

P41　崔清楠

P42　桂杨帆（上）

P42　桂杨帆（中）

P42　桂杨帆（下）

P43　安　琦

P44　金福泰

P45　张　滨（上）

P45　张　滨（下）

P46　王　嵘

P47　张　滨

P48　张晚晴

P49　张　龙

P50　彭　涛（上）

P50　张晚晴（下左）

P50　于佳卉（下右）

P51　丁　檬

P52　冷新启

P53　赵燕妮

P54　张　滨

P55　张贯一

P56　王妤哲

P57　闫　珩

P58　訾　鹏（左）

P58　谷晓燕（右上）

P58　崔清楠（右下）

P59　訾　鹏

P60　訾　鹏

P61　李　岩

P62　许　博

P63　葛潇潇

P64　崔清楠

P65　葛潇潇

P66　彭　涛（上）

P66　彭　涛（下）

P67　徐赛男

P68　袁　帅

P69　袁　帅

P70　卢海娜（上）

P70　徐　杉（下）

P71　訾　鹏（上左）

P71　訾　鹏（上右）

P71　訾　鹏（下左）

P71　訾　鹏（下右）

P72　张晚晴

P73　訾　鹏（左）

P73　张英超（右）

P74　宋丹萍（上左）

P74　訾　鹏（上右）

P74　刘晓姝（下左）

P74　李　莹（下右）

P75　赵　博

P76　赵　晶

P77　訾　鹏

图书在版编目（CIP）数据

从规矩到自由／于艾君主编.—长春：吉林美术出版社，
2009.1

（鲁迅美术学院素描·现象）
ISBN 978-7-5386-3046-6

Ⅰ.从… Ⅱ.于… Ⅲ.素描－技法（美术）－高等学校－
教材 Ⅳ.J214

中国版本图书馆 CIP 数据核字（2008）第 204339 号

鲁迅美术学院 素描·现象 Ⅳ
从规矩到自由

出 版 人：石志刚
策　　划：李功一　于艾君
主　　编：刘仁杰
编　　著：于艾君
责任编辑：朱　循
技术编辑：赵岫山　郭秋来
特邀编辑：王　嵘
装帧设计：王　嵘
责任校对：孙　丽
出版发行：吉林美术出版社
地　　址：长春市人民大街 4646 号（www.jlmspress.com）
制　　版：沈阳大禹奥博电脑设计制作有限公司
印　　刷：辽宁美术印刷厂
开　　本：889 × 1194 毫米　1/16
印　　张：5／册
版　　次：2009 年 1 月第 1 版　2009 年 1 月第 1 次印刷
印　　数：0001－3000 册
书　　号：ISBN 978-7-5386-3046-6
定　　价：149.00 元／套（全五册）